অন্নদা দিদি এবং অনান্য গল্প

দেবমাল্য ঘোষ

উৎসর্গ

স্বাধীন ভাবে বাঁচতে চাওয়া সমস্ত দিদি ও বোন দের

বিষয়বস্তু

ভূমিকা

অন্নদা দিদি শরৎচন্দ্র চট্টোপাধ্যায় এর অমর সৃষ্টি, এক দিদি ও ভাই এর জীবনের চড়াই উৎরাই এই লেখা। এবং বাস্তব জীবনের কিছু প্রতিচ্ছবি সব মিলিয়ে এই বই।

স্বীকার

কৃতজ্ঞতা স্বীকার শরৎচন্দ্র চট্টোপাধ্যায় কে , এবং যার গল্প দিদি কে এবং সমস্ত দিদি দের । এবং বর্তমান পরিস্থিতি কে ।

অন্নদা দিদি

প্রতিটি শ্রীকান্তের জীবনে অন্নদা দিদি থাকে । বলাই বহুল্য আমার জীবনেও তার ব্যাতিক্রম নেই । তবে এই অন্নদা দিদি দের সান্নিধ্য শ্রীকান্ত দের জীবনে সাধারণত কম সময় এর জন্যই হয় । এই ক্ষেত্রে আমিও বিতক্রম নই সেটা বলতে অবশ্য বাহুল্য বোধ করছিনা । এবার প্রশ্ন আসতে পারে বেছে বেছে অন্নদা দিদিই কেনো ? তার উত্তর একটাই আমি তার পরিচয় কাউকে জানতে চাইনা । তবে তার সম্পর্কে না বলেও আর থাকতে পারলাম না তাই আজকে লিখতে বসা । আমার মতে এই অন্নদা দিদি আর শ্রীকান্তের সম্পর্ক টা অনেকটা সূর্য আর চাঁদ এর মতন, দুজনেই শাশ্বত প্রাচীন তবে যেনো এরা শাস্তি ভোগ করছে সন্ধিক্ষণ আর ভোর ছাড়া এদের এক হওয়ার যো নেই । শ্রীকান্তের অর্থাৎ শরৎচন্দ্র চট্টোপাধ্যায় এর অমর সৃষ্টি অন্নদা দিদির কথা তো আমরা সবাই ই প্রায় জানি এবার একটু আমার অন্নদা দিদি সম্পর্কে লিখি ,

আলাপ টা একটু অন্য ভাবে যখন আমি প্রায় নিজের কাছে হেরে বসে রয়েছি সেরকম সময়ে একটি নামজাদা বেসরকারি কোম্পানি তে ইন্টারভিউ দেওয়ার সময় । হঠাৎ করে ইন্টারভিউ যিনি নিচ্ছিলেন একটি পরীক্ষার ব্যাপারে আমাকে জানানোর জন্য অন্নদা দিদি কে ফোন কলে নিলেন ওপার থেকে একটি অচেনা কন্ঠস্বর তখন আমায় কিভাবে পরীক্ষা দিতে হবে বোঝাচ্ছে অচেনা কিন্তু জানো কতো পরিচিত নিজের । আবার কিছুক্ষণ এর জন্যে যে রাগী মনে হয়নি তা বলতে পারিনা । যাই হোক পরীক্ষাটি দিয়ে পাস করে গেলাম । সিলেকশন এর পর একটি হোয়াটসঅ্যাপ গ্রুপ এও যোগ করা হলো আমাকে।

তারিখ টা ৭ই সেপ্টেমবর সাল টা নয় নাই বললাম হঠাৎ একটা অচেনা নম্বর থেকে কল এলো
যা বলে শুরু করা হলো তা হলো এই " চিনতে পারছো আমরা আগে কথা বলে ছিলাম স্যার আমাদের কথা বলেছিলেন ? " একটি বিস্ময় সূচক শব্দ করে বললাম না পারিনি , অন্নদা দিদি একটু হতাশ হলেন , বোঝানোর চেষ্টা করলেন তিনি কে মোটামুটি ৫ মিনিট পরে বুঝতে পারলাম এবং প্রচন্ড লজ্জার সাথে বললাম " হ্যাঁ হ্যাঁ মনে পড়েছে সরি গো একদম বুঝতে পারিনি " ওপার থেকে দিদি বললো " হা হা এবার মনে পড়েছে তো তাহলেই হবে " এতকাল ধরে তাকে বুঝিয়ে এসেছিলাম তার গলা শুনে আমার অহংকারী মনে হয়ে ছিলো বলতে লজ্জা নেই সেটি সম্পূর্ণ দিদি তুমি নয় আমার নিজেকে সেদিন খুব অহংকারী মনে হচ্ছিলো।

যাই হোক আমাদের ট্রেনিং শুরু হলো হঠাৎ করে ট্রেইনার বললেন তোমাদের অফিস এসে কাজ করতে হবে এ বিষয়ে চাকরি ছাড়ার জন্য আমি আগেই ডক্টরেট ছিলাম তবে এবার আর সেটা হলোনা , অন্নদা দিদি নিজের চাকরি টা তো ওয়ার্ক ফ্রম হোম এর জন্য তো রাজি করালেন ই সাথে নিজের টাও ফোন করে বললেন নি কিছুই পরে আমায় ট্রেইনার এ কথা বললেন । একদিন আমাদের অফিস এ সিস্টেম নিতে ডাকা হলো ততো দিনে আমি ধূম পানে বেশ আসক্ত । দিদি বললেন " জানিস সেদিন তুই আমি আসছি দেখে সিগারেট টা লুকিয়ে নিয়েছিলি আর ধোঁয়া টা সরানোর চেষ্টা করছিলি কারন তুই জনতিস আমি ধোঁয়া টা পছন্দ করিনা আমি সেই দিন থেকেই জানি তুই আমার ভাই " ।

ধীরে ধীরে আমরা আরো কাছে আসতে থাকি আরকি আমি আর দিদি , দিদির বকুনি টা ৪৪০ ভল্ট এর কম নয় তা বলতে পারি । এর পরেও আমি চাকরি ছাড়বার চেষ্টা করি দিদি দেননি । বাবা গো বাবা সে কি বকুনি । দিদি রেগে গেলে জোরে জোরে তিন বার নিশ্বাস ছাড়েন সেটা এখন বুঝে গেছি । আজ অবধি দিদির সাথে আমার তিন বার দেখা হয়েছে । একবার মার খেয়েছি ভাই হাতে খুব জোর ওর। সব এই ঠিক যাচ্ছিলো শুধু যদি একটা ঘটনা না ঘটতো ।

হঠাৎ একদিন সন্ধ্যে বেলা কল এলো দিদি বললো " তোকে কিছু বলার ছিলো ভাই " হমম বলে সম্মতি জানালাম দিদি বলতে শুরু করলো ডাক্তার দেখাতে গেছিলো ও ডাক্তার সন্দেহ করছেন ওর নাকি ক্যান্সার তাও আবার সেকেন্ড স্টেজ প্রথমটায় যেনো নিজের কান কে বিশ্বাস করতে পারছিলাম না ওকে না বুঝতে দেওয়াই ভালো তাই নিজেকে সামলে নিয়ে ওকে সাহস যোগানোর চেষ্টা করলাম । সত্যি বলতে কি পারিনি ও পুরো আমার মতো তার থেকে এভাবে বলা ভালো যে আমি পুরো ওর মতো জেদী , মুখেও যা মনেও তা , এক রোখা , সোজা সাপটা কথা বলা বাবা বাছা নয় । ও মনে করে ও আমায় বলে ভুল করেছে আমি নাকি তার পর থেকে বদলে গেছি । সত্যি কথা বলতে ও ভুল আসলে আমি ঘর পোড়া গরু তো সিঁদুরে মেঘ দেখলে ভয় পাই । দিদি দিব্যি করিয়ে ছিলো যাতে আমি জামাইবাবু কে না বলি যাতে কাউকেই না বলি, তবে একদিন রাগের মাথায় বলে দিয়েছিলাম এখন মনে হয় ভুল করেছি ।

তার তো হেল দোল দেখিনি তাই আরকি , তিনি তার নিজেতে মশগুল , বউ আছে না গেছে , কি করে সাধারণ থেকে একজন ম্যানেজার হলেন সব ই স্মৃতি তার লোভ পেয়েছে আসা রাখি। তবে তাও সেই মানুষ টাকে ভালো বেসে যাওয়া না বুঝতে দেওয়া কিন্তু ও বন্ধ করিনি । জেঠিমা আমায় বললেন " তোরা দুই ভাই বোন যখন

ঝগড়া করিস আমার খুব ভালো লাগে তোরা আগের জন্মে কেউ ছিলিস জানিস " আমি হেঁসে সম্মতি জানাই। আর ভাব মনে এমন থেকে জেঠিমা ছোটো বেলায় যদি একে পেতাম জেকটা চুল ওর মাথায় এখন আছে সেওগুলো তো থাকতই না বরং হাত পা ভাঙ্গা থাকতো ।

ও স্বাধীন ভাবে বাঁচতে চায় বর, মা , ছেলে সবাই কে নিয়ে জানিনা ও পারবে কিনা , ও মন খারাপ করলে বলি " চিন্তা করছো কেনো জেঠু আমাকে পাঠিয়ে ছে আমি তো আছি " ও রেগে যায় আবার কখনো হেসে সম্মতি জানায় । ও যেমন বরের অপমান দেখতে পারেনা সেরম আমার সম্পর্কে কেউ কিছু বলতে কেউ যে কেমন ঝার খায় তা আমি দেখেছি । তাই হাসা ছাড়া তখন আমার কোনো কাজ নেই তা এখন বুঝি ।

তবে কতো দিন এই হাসি , কান্না বজায় থাকবে , বা কতো দিন সূর্য আর চাঁদের মতো লড়তে হবে তা বলতে পারিনা । এটুকু বুঝি অমাবস্যার দেরি নেই আর তার ফলে যে সূর্য গ্রহণ হতে পারে তা বলতে পারি । সব অন্নদা দিদি রা বেঁচে থাকুক তাদের ভাইয়ের মধ্যে দিয়ে । ঝরে পড়ুক কান্না কলম দিয়ে মাঝরাতে।

* সমাপ্ত *

১

৪.৩০

ভোর হোলো তখন ওই ৪.৩০ ওরকম হবে, নাতনি টার প্রিয় ঠাকুমা এসে দেখে নাতনির হাতে ফোন কানে ইয়ার ফোন, আর চোখের দুপাস দিয়ে জল গরিয়ে পড়ছে,কিন্তু কোনো শব্দ নেই শুধু মাঝে মাঝে শরীর টা কেঁপে উঠছে, ঠাকুমা খাটের পাশে এসে টেবিল ল্যাম্প টা নিভিয়ে দেয় আর মাথায় হাত দিয়ে বলে-"কি হয়েছে দিদি ভাই?",গলাটা খাঁকিয়ে নিয়ে উত্তর টা আসে, কিন্তু ভাঙা গলায়-'কই কিছু নাতো.... তুমি উঠে গেছো?" "হাঁ দিদি,এই তো রাধা মাধব কে তুলে এলাম", "ওহ,আচ্ছা ওই পিতলের মূর্তি টাকে প্রতিদিন এসব করে কি লাভ?? ওই নকুল দানা বাতাসা গুলো অন্য কাউকে দিতে পারো তো?আর গঙ্গা জল দিয়ে মুখ ধুয়েই বা কি লাভ তোমার রাধা মাধবের সারা জীবন তো লোক ঠকিয়ে বেরিয়েছে? গঙ্গা জলে কি ওর পাপ মিটবে??।

"ছি দিদি এরম কেউ বলে,উনি তো ভগবান, উনি কি ভুল করতে পারেন?? ওতো ওনার লীলা," "আর আমি যখন প্রেমে পরি সেটা কি??? আমরা কি শুধুই যৌনতা বুঝি?? প্রেম মন থেকেও হয় তাতে শরীর লাগেনা, হাঁ মানছি শরীর এর প্রয়োজন আছে তার মানে এটা নয় সেটাই সব। কৃষ্ণ যদি নিষ্কাম হন তাহলে ওনার ছেলে সাম্ব কি আকাশ থেকে পড়লো? উনিও কিন্তু মানুষ রূপই নিয়েছিলেন আর মানুষের সন্তান আকাশ থেকে পরেনা। তাই আমার দিকটাও বোঝো, বাবা, মা কে বোঝাও, আমি দীপ্ত কে ভালোবাসি আর আমি আমাদের সন্তান কে মেরে ফেলতে পারবোনা। কারন ও কে মারা মানে নয় এক কৃষ্ণ নয় এক রাধা কে মারা আর আমি আমার ঈশ্বর কে মারতে চাইনা। ঠাকুমা বোঝেন নাতনি রাধা মাধব কে কতোটা ভালোবাসে, হঠাৎ দেখেন alexa বেজে ওঠে 'সকাতরে ওই কাঁদিছে সকলে শোনো শোনো

পিতা.............."।।

2

এম.এন.সি

অনেক রাত হয়েছে, সায়ন্তন সেক্টর ফাইভের একটা নামজাদা কোম্পানিতে কম্পিউটার এর সামনে বসে, শুধু খুটুর খুটুর কিবোর্ড এর শব্দ আর কফির কাপ এ চুমুক দেওয়ার শব্দ ছাড়া সব নিস্তব্ধ। চোখ বন্ধ করে দীর্ঘ নিশ্বাস ছাড়ে সায়ন্তন। চোখটা কেমন ঝাপসা হয়ে গেলো, আর ভেসে উঠলো আই সি ইউ তে থাকা তার স্ত্রীর মুখ। পিছন থেকে ডাক এলো "সায়ন্তন প্রজেক্ট টার ডেড লাইন আজ মনে আছে তো???" ভাঙা ভাঙা গলায় গলাটা থাকিয়ে নিয়ে উত্তর আসে "হা স্যার প্রজেক্ট রেডি আপনি চেক করে ক্লাইন্ট কে পাঠিয়ে দেবেন"। "গুড প্রাউড অফ ইউ মাই বয়" বলে চলে যায় ব্যক্তি টি। সায়ন্তন কম্পিউটার স্ক্রিন এ দেখে তখন সময় রাত ২.৩০, অর্থাৎ ওর ৯ ঘন্টার শিস্ট ওভার। তাড়াতাড়ি কম্পিউটার টা সাট ডাউন করে সায়ন্তন। জলের বোতলটা ব্যাগ এ ঢোকায়, এক বার পকেট টা চেক করে চাবি আছে তো? হা আছে। তাড়াতাড়ি ফ্লোর এর বাইরে বেরিয়ে লকার খুলে মোবাইল ফোন টা অন করে সে, অন করতেই শব্দ শুরু ক্রমাগত টুং টুং শব্দ টা থামতে সায়ন্তন দেখলো Dear Customer You have 95 missed calls from Didi vai The last missed call was at 12:34 AM on 03-Oct-2021 Thankyou, Team Jio. আর একটু হলে ফোন টা পরেই যেত গার্ড দাদা এসে ধরে না নিলে, গার্ড দাদা বললো "কি হয়েছে স্যার অর একটু হলেই আপনার ফোন টা চৌচির হয়ে যেতো, কি ভাবছেন বলুন তো?" সায়ন্তন কিছুক্ষণ হতোভম্বের মতো তাকিয়ে থেকে উত্তর দেয় "না,কিছু হয়নি সায়ন্তন ভাবে যে দিদি ৩ বার কল করাকে বিরক্ত করা মনে করে সে আজ ৯৫ বার কল করেছে, ওর পায়ের তলার মাটি যেনো সরে যাচ্ছে, তাও কোনো রকমে লিস্ট এ করে নেমে গাড়ির দরজা টা খুলে বসে কল করে দিদি ভাই কে, চতুর্থ বার রিং হওয়ার পর একটা গলা ভেসে আসে " আসমা আর নেই ভাই, আসমা আর নেই,কি হবে তোর আর কাজ করে?? ব্যানার্জি বাড়ির বউ ও শেষ বার ও তোকে দেখতে চেয়ে ছিলো ডেটা টা অন করে দেখ আমি কতো বার তোকে what's app এ ভিডিও কল করেছি, ওর শেষ শব্দ কি ছিলো

জানিস??? সায়ন্তন।

কল টা কেটে যায়। এমনি তেই ইন্টার কাস্ট ম্যারেজ বলে আসমার আব্বু আম্মি এই সম্পর্ক টা মেনে নেয় নি। আর আজ ২ বছরের মাথায় ক্যান্সার কেড়ে নিলো আসমা কে, যা ওর আব্বু আম্মি পারেনি, তা ক্যান্সার করে দিলো। আর ওর শেষ শব্দ টাও শুনতে পেলোনা ও কেনো? কারন ও তখন ওর ম্যানেজার এর প্রজেক্ট করতে ব্যস্ত ছিলো।

3

পরোজনম

সাল টা অজানা রেখেই তোমাদের এই ঘটনা টা বলেফেলি, না বললে হয়তো এটা তোমাদের কাছে অজানাই থাকতো, আর সেটা আমি চাইনা। তাই লিখতে শুরু করলাম। তখন পার্থ সারথীর মাত্র পাঁচ বছর বয়স কলকাতা থেকে ১০,১৫ কিলো মিটার দূরের একটু মফোর্সল এর বাংলা মাধ্যম স্কুলের প্রথম শ্রেণীর ছাত্র ও খুব চনমনে ছেলেটা, ফর্সা গোল মুখটায় যেন গোটা বিশ্ব খেলা করে। ওর ডেইলি রুটিন টা খানিকটা এমন ছিলো ৬.০০ টায় ওঠা ৭.০০ টায় বাবার হাত ধরে স্কুল এ যাওয়া এবং ১০.০০ টায় একই ভাবে বাবার হাত ধরে স্কুল এর উল্টো দিকের বাজার টা থেকে বাজার করে বাড়ি ফেরা। এবং আবার বিকেল ৫.০০ টা থেকে স্যার এর কাছে পড়তে বসা। বেশ কাটছিলো ছেলেটার শৈশব, আড়ম্বর না থাকলেও বেশ ভালো। তবে ভালো আবার সবার কপালে সয়না আর পার্থ সারথী ও তার ব্যতিক্রম নয়। হটাৎ একদিন শীত কালে মাস্টার মশাই ওকে পড়াতে এসেছে, আজ একটু সন্ধ্যে হয়ে গেছে ওনার প্রায় ৬,০০ টা বাজতে যায় ঘড়িতে। মাস্টার মশাই ওকে পড়াতে শুরু করলেন, উনি আজকে কেমন একটা অন্য মনস্ক, পার্থ সারথীর মা চা দিতে এলেন মাস্টার মশাই বললেন "বৌদি যাওয়ার সময় দরজা টস দিয়ে যাবেন, ঠান্ডা ঢুকছে প্রচন্ড। ওর মা সম্মতি জানিয়ে নিঃশব্দে দরজা বন্ধ করে চলে গেলেন। ওর মা চলে যেতেই মাস্টার মশাই এর শরীরে কেমন বিদ্যুৎ খেলে গেলো। খাট থেকে নেমে দরজার কাছে এসে দরজাটার ছিটকিনি তুলে দিলেন।

এর মধ্যে এক মাস কেটে গেছে, আজ সকালে পার্থ সারথীর মা খেয়াল করেন ওর পায়ু থেকে রক্ত পড়ছে, এবং এতো টাই রক্ত পড়ছে যে ও যে প্যান্ট ই পরুক সে পেন্ট রক্তাক্ত হয়ে উঠছে। ওর মা বুঝতে পারেনা কি হলো ওর, তবে কি অর্শ? না তাহলে তো এতো রক্ত বেরোবেনা। পার্থ সারথীর বাবা ফিরতেই ওরা কাছের সরকারি হাসপাতালে নিয়ে যায় ওকে, ডাক্তার এর বেশি সময় লাগেনা বুঝতে সারথীর কি হয়েছে, ওর বাবা

কে ডেকে সমস্ত ঘটনা বললেন উনি।

অন্যদিকে লস এঞ্জেলেস এ বড়ো হচ্ছে তখন ভারতীয় কন্যা কৃষ্ণ প্রিয়া, ও ওর মামার বাড়ি তেই থাকে, মা ও মামা তার এক ছেলে মামী। প্রিয়ার বাবা ইন্ডিয়ান আর্মি তে ছিলেন, এক যুদ্ধে বর্ডার এ প্রাণ হারান তিনি। তার পর থেকে ওরা LA তেই থাকে। ইতিমধ্যে প্রিয়ার ও সারথীর মতোই একই অসুখ এর কারণে ডাক্তার এর কাছে যেতে হয়। এবং এই ক্ষেত্রেও ডাক্তারের বুঝতে অসুবিধা হয়না, কি রোগে আক্রান্ত ও ।

এর পর প্রিয়া ও সারথী তাদের দেশের রিহ্যাব এ ভর্তি থাকে প্রায় এক মাস এবং এখন ওরা দুজনেই সিডনি যে আজ ওদের বিয়ে তাই এই গল্প টা না বলে পারলাম না। অবশ্য এখন কৃষ্ণ প্রিয়া কৃষ্ণ বন্দোপাধ্যায় এবং পার্থ সারথী, পাম্মাই রায়। একটু বুঝতে অসুবিধা হতে পারে আপনার ব্যাপারটা কি হলো? একটু ভাবুন বুঝতে পারবেন। এই ঘটনার শেষে এটা না বলে পারছিনা। একটি বিখ্যাত ভারতীয় ঠুংরি তুম রাধে বানো শাম ..... "বা যদি বাংলায় বলি তাহলে 'বনমালী তুমি পরো জনমে হইও রাধা।......

4

উপলব্ধি - ১ম পর্ব

আজ লিখতে শুরু করলাম ঠিক রাত ১.৪ আজ আমার জীবনের কিছু উপলব্ধি নিয়ে লিখবো। আজকে যে বিষয় এর উপলব্ধিটা বেছে নিয়েছি সেটা হলো বন্ধুত্ব, বেছে নিয়েছি বলা টা একটু ভুল হবে বাছতে বাধ্য হয়েছি। অবশ্য আমার এই উপলব্ধির ব্যাতিক্রম অবশ্যই আছে। আমার অ মানে বোঝার কিছু বছর আগের বন্ধুর সাথে আমার পরিচয় হয় যথাক্রমে ক্লাস ফাইভ এবং সিক্সে। প্রথম জন কে আমি তার নাম এর শেষের দুটো অক্ষর বা দিয়ে ডাকতাম। তাদের সম্পর্কে কেউ জানুক সেটা না চাওয়ার জন্য তাদের নাম বলছিনা। আর দ্বিতীয় জনের সাথে আমার পরিচয় আমার ক্লাস সিরা এর প্রথম দিনের ক্লাস এ আমার স্কুলের ৮ নম্বর রুমে। অবশ্য প্রথম জনের সাথেও বন্ধুত্বের গাঢ়ত্ব টা এর পরেই বৃদ্ধি পায়। আমরা তিনজন স্কুলে নয় ১ম নয় ২য় থেকে বসতাম। এবং প্রথম জনের মা এর লুচি ও আলুরদম আমার জিভে আজ লেগে আছে। উফফ কি যান। দ্বিতীয় জনের টিফিন আবার তার দেখা দেয়া সে প্রতিদিন তার বাবার দোকান থেকে পাউরুটি, লাড্ডু ও গজা নিয়ে আসতো। ম্যাগি বোধ করি সে আমাদের স্কুল জীবনে কানে ১০ বার এনেছে। আমি আবার এই টিফিন খাওয়ার ব্যাপারে খুব উদার এবং দেওয়ার ব্যাপারে তার থেকে সহস্র গুন বেশি উদার ছিলাম, নিতে কার্পণ্য করতাম না, কিন্তু দিতে হলে চনাচুরের একটা কটকটি, একটা রানাম: এসব নিতাম। তারা এই বিষয়ে অবগত থাকলেও আমাদের বন্ধুত্বে কিন্তু কোনোদিন ভাটা পরেনি সেই সময়ে। এবং তারা সব সময় তাদের খাবারের বেশি অংশ সেই নিয়েছে। আজ মনে হয় ওটাই হয়তো সবচে প্রবিত্র বন্ধুত্ব, যেখানে স্বার্থ আমরা দেখিনা। আমাদের এই বন্ধুত্ব টা ক্লাস এইট পর্যন্ত এরকম ই ছিলো। মাঝখানে ও পরে অনেক বন্ধুত্বই হয়েছে তবে এই দুটি বন্ধুত্ব আমার সারাজীবন মনে থাকবে। ওই যে বললাম মারাবাদের বন্ধুত্ব এবার সেটা একটু বলি যিনি এসেছিলেন তিনি এখন একজন ফটোগ্রাফার, সেই সময় থেকেই তার বাইকের প্রচুর সাধ। আঁকার থাতায় বাইকের ছবি আঁকা, লাল বন্ধের রেঞ্জার সাইকেলের সামনে

BMW এর টিকার মারা, সবে তেই সে পটু, সে নাকি সেই বহোস থেকেই প্রেম করতে যার সাথে করতো তার নাম বলতে আমার আপতি নেই পুরু, যাই হোক এই বন্ধুত্ব টি ও আমার মাধ্যমিক এর এক বিত্রী রেজাল্ট এর সাথে সাথে হারিয়ে যায়। এবার ওড়ার পালা ক্লাস ইলেভেন, তবে আমি সেরকম উরিনি বলাই বাহুল্য। এই বছরটি আমি যত টা পেরেছি স্কুল কামাই করেছি, আর এই বছরের অর্থাৎ ২০১৫ এর এই সেপ্টেম্বর একটা বিশেষ আমার জীবনের সেই দিন পুরো টিচার্স রুম আমার প্রশংসা করে ছিলো। আমার সঞ্চালনা শুনে অর্থা আমার গলার স্বরে তারা মুগ্ধ হয়ে ছিলেন। এবার আমার এখনো পর্যন্ত কাটানো জীবনের শ্রেষ্ঠ বছর ২০১৬ দেখা হলো এক বিশেষ বিশেষ বন্ধুর সাথে দেখা হলো বলা ভুল তাকে আমি ২০১৪ তেই দেখেছি, বন্ধুত্ব হলো তার সাথে।আরো অনেকের সাথেই অবশ্য আলাপ হয়েছিল তবে সে ছাড়া আপাততো বন্ধু বলতে ইচ্ছা করছেনা। একজন তো চরম স্বার্থপর বাপ রে বাপ, আজ অবধি তার দরকার না থাকলে সে হয়তো আমার হাতে গুনে ২ বার ফোন করেছে, থাকি সব সময় তিনি আমায় তাকে বার বার চিনিয়েছেন একজন অতীব স্বার্থপর মা হিসাবে। যাক গে তার জন্য এই লেখা নাম তাকে বাদ রাখা টাই শ্রেয়। এই বার যার কথা বলছিলাম তার কথায় আসি, আমার বিশেষ বিশেষ বন্ধু, ইনি আমার জ্বর হলে কতবার যে ওষুধ খাওয়ার কথা মে করাতেন, সেটা আমি মরলে ভগবান এর কাছ থেকে জেনে বলবো, যতদিন আমরা বন্ধু ছিলাম তার মধ্যে বোধ করি ৮০% সময় আমরা ঝগড়া করে কাটিয়েছি, তার পরীক্ষা সে কেনো পড়ছেনা? আমার শরীর খারাপ আমি কেনো ওষুধ খাচ্ছিনা? আমি কেনো এতো রাত অবধি ভোগে? সে কেন আজ ফোন করেনি, সে না করলে আমি কেনো করবোনা, উফফফ শান্তি এখন আর আমরা বন্ধু নই। ২০১৯ এর ১০ই জানুয়ার আমাদের বন্ধুর প্রথম ও শেষ বারের মতো নড়ে ওঠে, এবং ২০১৯ এই আমাদের বন্ধুত্ব চিরকাল এর মতো অন্ধকারে তলিয়ে যায়। পরেও অবশ্য আমরা কথা বলেছি কিন্তু আর সেই স্ফুলিঙ্গ তাতে নেই আর থাকবার কথাও নয়। এর পর কিছু মানুষ এক মাস দুয়াস করে টুকি করেছেন আর আবার লুকিয়ে পড়েছেন। দরকার হলেই সঙ্গে সঙ্গে টেক্সট ফোন তুই আমায় বন্ধু ভাবিসই না, কতো কিছু, গতকাল কেই এমন একটা ঘটনা ঘটেছে। ভাবলে হাঁসি পায়। তাদের যখনই দরকার পড়ে তখন ই আমি বন্ধু। যাই হোক তারাও কোনো না কোনো সময় তাদের কে নিয়ে আমার ভাবিয়েছে এই বা কম কিসের বারার বন্ধু বলেই এই লেখায় পরিচয় পাক। সব শেষে এটুকু নি বলতে পারি কেউ ই আমাদের জীবনে চিরস্থায়ী নয়। আর সবশেষ কোনো শুরুর জন্যে হয়না। সব কিছু শেষ করে যবনিকা পতন এর জন্যেও হতে পারে। এই লেখায় আমি বন্ধু বলতে পুরুষ ও নারী উভয় কেই বুঝিয়েছি। ২.৪১ বাজে এবার ঘুমাই না হলে কাল আর ঘুম ভাঙবে না।

* সমাপ্ত *